COURTE INSTRUCTION

sur

L'EMPLOI DU SEL

En Agriculture;

Par M. J. Girardin,

Professeur à l'École d'Agriculture de la Seine-Inférieure.

—

*Approuvée par la Société d'Agriculture
de la Seine-Inférieure.*

—

PRIX : 20 CENT.

Rouen. — Imprimerie de A. Péron ,
Rue de la Vicomté, 55.

COURTE INSTRUCTION

SUR

L'EMPLOI DU SEL

EN AGRICULTURE;

PAR M. J. GIRARDIN.

Professeur à l'École d'Agriculture de la Seine-Inférieure.

Approuvée par la Société d'Agriculture
de la Seine-Inférieure.

1849

— ROUEN. IMP. DE A. PÉRON. —

AUX CULTIVATEURS.

MES BONS AMIS,

L'Assemblée nationale vient de réduire des deux tiers l'impôt du sel.

Mais ce que vous ne savez peut-être pas, c'est que, par ce seul fait, elle a rayé du budget une recette de 40 millions!

Il faut que cet énorme sacrifice vous profite.

Jusqu'ici, le haut prix du sel avait été le principal obstacle à son emploi. Mais, maintenant, que le prix des 100 kilogrammes est descendu de 37 à 17 francs dans les magasins en gros, rien ne s'oppose plus à ce que vous en fassiez usage pour mieux nourrir vos bestiaux, pour améliorer et conserver vos fourrages, ou pour engraisser vos terres.

Vous devez tous vous empresser de profiter du bénéfice de la loi nouvelle, qui a été rendue surtout en votre faveur. Votre intérêt bien entendu l'exige. J'ajouterai que votre devoir de citoyen vous en impose l'obligation; car, appauvrir le trésor national, sans lui donner les moyens de recouvrer, par l'accroissement de la consommation du sel, l'impôt qui est nécessaire aux services publics, ce serait évidemment prolonger le malaise de notre situation financière, et c'est ce que vous ne voudrez pas.

Malheureusement vous ne connaissez pas, tous, les bons effets du sel dans les diverses circonstances où il est utile d'y avoir recours.

Souffrez que je vous éclaire à cet égard.

Déjà, vous avez écouté et suivi mes conseils à propos des fumiers; eh! bien, accordez-moi encore aujourd'hui votre confiance; vous ne vous en repentirez pas.

Je vais vous montrer tout le parti que vous pouvez tirer de l'emploi raisonné du sel dans vos exploitations, petites ou grandes.

I.

AVANTAGES DU SEL

Pour l'Élève du Bétail.

Vous le savez tous, l'élève des bestiaux est le principe fondamental d'une bonne culture.

L'effet le plus immédiat de celle-ci n'est-il pas d'abaisser le prix des céréales et de la viande, ce qui, pour le pauvre ouvrier, équivaut à une augmentation de salaire?

Ce qui n'est pas moins vrai encore, c'est que le sel, ajouté aux aliments ordinaires, accroît singulièrement leur faculté nourrissante.

N'avez-vous pas vu quelquefois vos moutons et vos vaches lécher, avec plaisir, les objets sur lesquels

il y a eu du sel ou du salpêtre ?
Ne les avez-vous pas vus, même,
boire de l'urine produite par
leurs voisins ? Cela ne vous dit-il
pas clairement, car il n'y a pas
d'instincts inutiles, que les substances ou aliments salés con-
viennent aux bestiaux ?

L'expérience a prononcé depuis longtemps, à cet égard, en
Suisse, en Allemagne, en Angleterre.

Les animaux, auxquels on donne
du sel, ont, généralement, une

bonne santé, s'entretiennent faci-
lement, échappent plus aisément
que les autres aux nombreuses maladies qui les menacent, acquièrent
plus vite leur développement et
leurs forces, et ceux qu'on destine
à la boucherie prennent plus aisément la graisse.

Les vaches laitières, mises au
régime salé, ont plus d'appétit,
une plus grande envie de boire ;
elles ont un plus bel aspect, le poil
lisse ; elles gardent plus longtemps
leur lait, en donnent davantage
et de meilleur ; en un mot, elles

se maintiennent mieux en corps et présentent tous les indices d'une bonne santé.

Avisez-vous de les nourrir avec des pommes de terre, sans aucune addition de son, de fourrage, vous les verrez bientôt dépérir ; leur poil deviendra dur et hérissé. Ajoutez alors à leur ration journalière 60 à 70 grammes de sel, et bientôt, comme par enchantement, elles reprendront un magnifique état.

Vous avez dû entendre parler

de la qualité supérieure de la viande des moutons dits de *Pré-Salé*, qu'on engraisse sur les côtes de la Charente-Inférieure et de la Basse-Normandie ? A quoi cela tient-il, si ce n'est à l'excellence de l'herbe qu'ils paissent dans les anciens marais salés de ces localités ?

Ces observations, que je pourrais faire suivre de bien d'autres, doivent vous convaincre que le sel est éminemment utile dans l'alimentation du bétail.

Sachez-le bien, c'est uniquement au bas prix du sel que les Suisses et les peuples d'Outre-Rhin doivent la supériorité de leurs bestiaux et la possibilité d'en couvrir nos marchés, tout en acquittant de gros droits à la frontière. Imitez-les donc, pour tuer leur concurrence.

Reste à savoir, actuellement, dans quelles proportions il est convenable d'administrer le sel aux animaux. Consultons à cet égard la pratique, déjà ancienne, des nations voisines.

En Suisse, la ration journalière pour l'espèce bovine est portée jusqu'à 150 grammes dans les habitudes des cultivateurs aisés. Ce poids est doublé pour les animaux destinés à la boucherie.

En Espagne, on distribue régulièrement 39 kilogr. de sel, dans l'espace de 5 mois, à 100 moutons.

En Angleterre, la ration du sel est, par jour :

Pour un cheval, de . . . . 170 gr.

un bœuf à l'engrais 170

un bœuf d'attelage 114

Pour une vache à lait. . . . . . . 114 gr.

une génisse pleine 114

les élèves d'un an, dans l'es-

pèce bovine 85

un veau de 6 mois 28

un mouton 14

un porc. 35

En Allemagne, la ration de sel est un peu moindre.

En Belgique, le Gouvernement, en proclamant dans les lois même du pays la nécessité du sel pour les exploitations agricoles, l'a réglée ainsi quil suit :

Pour chaque individu de l'espèce bovine. . . . . 64 gr.

Pour chaque individu de l'espèce chevaline. 32

Pour chaque individu de l'espèce porcine. 20

Pour chaque individu de l'espèce ovine 16

A la ferme de Béchelbronn, en Alsace, où M. Boussingault a fait une foule de belles expériences pour éclairer plusieurs points de l'économie rurale, on rationne chaque tête de l'étable à raison de 52 grammes de sel par jour, avec un supplément de 17 grammes de sel de Glauber ou sulfate de soude.

L'usage de cette dernière substance, pour les bêtes à laine et les
chevaux, est fort répandu en
Alsace et de l'autre côté du Rhin,
notamment dans le Wurtemberg;
et, chose bien remarquable, il
existe aussi, depuis longtemps déjà, dans l'Amérique méridionale.

Ainsi donc, comme les chiffres
précédents vous le montrent, il
y a une grande diversité dans la
dose du sel qu'on fait manger
journellement aux animaux, en
Suisse, en Angleterre, en Allemagne, en Espagne, en Belgique,

en France ; et cela se conçoit, car les climats, les localités, le genre de nourriture, les races d'animaux, ne sont pas les mêmes, et ce sont là autant de causes qui doivent faire varier les proportions du sel à employer.

Si je vous laissais en présence de ces chiffres, libres d'adopter tels ou tels, vous éprouveriez peut-être quelque embarras pour faire un choix. Pour vous tirer d'incertitude, je crois devoir vous engager à préférer le dosage de la Belgique, parce que nos habitudes agricoles se rapprochent beaucoup plus de celles de ce dernier pays que de tout autre.

Le mode d'administrer le sel varie. Les uns distribuent le sel en poudre sur des tuiles, des pierres plates ou des étoffes grossières. D'autres le mettent dans la mangeoire. Certains le mélangent avec les pommes de terre, les navets, etc., et les fourrages coupés. D'autres, enfin, le font dissoudre dans l'eau, pour arroser les pailles et les fourrages.

Peu importe, au reste, la manière de faire manger le sel aux animaux. Adoptez celle qu'ils paraissent préférer, ou celle qui vous sera la plus commode. L'essentiel, c'est qu'il n'y ait rien de perdu.

Laissez-moi vous dire, en terminant ce premier point, l'opinion d'un de nos meilleurs fermiers de France, M. Fawtier, élève de Mathieu de Dombasle, sur l'usage du sel.

« Le sel, administré régulièrement à nos bestiaux, les affranchit d'une foule d'affections qui résultent de digestions mal faites, surtout dans les années où les fourrages sont de mauvaise qualité. Il est un préservatif contre les maladies intestinales et vermineuses chez les animaux; contre la pourriture, fléau si redoutable de nos bêtes à laine, et contre la fluxion périodique chez les chevaux, c'est-à dire contre la plus funeste affection, après la morve, qui attaque la race chevaline. Il n'est pas jusqu'aux porcs et à la volaille qui, par l'usage de ce condiment, ne se trouvent à la fois mieux portants, plus féconds et plus aptes à l'engraissement.

II.

UTILITÉ DU SEL

Pour l'amélioration et la conservation des fourrages.

Les anciens, nos maîtres en bien des choses, avaient l'habitude de préparer la paille, pour la nourriture du bétail., en la conservant longtemps, après l'avoir arrosée de saumure; on la fesait sécher ensuite, on la liait en bottes, et on la donnait aux bœufs, en place de foin.

Il est certain que, grâce au sel, vous pourriez faire manger à vos bestiaux la paille et la menue paille, en bien plus grande quantité que vous ne le faites ordinairement. Dans les montagnes du Jura, où, comme vous le savez peut-être, il y a une fabrication considérable de fromages, on a

remarqué que le sel est un moyen
de faire manger aux vaches des
herbages dont elles ne voudraient
pas sans cela, tels, par exemple,
que des plantes sauvages crues
dans des terrains humides ou
marécageux. Et notez bien ceci,
c'est que le bétail, une fois habi-
tué à cette nature de fourrage,
contine à s'en nourrir sans addition de sel.

Voulez-vous encore un exemple
de cette admirable propriété du
sel, de rendre appétissants certains
aliments que, sans son secours,

les animaux refuseraient de consommer? Écoutez bien.

Depuis une dizaine d'années,
nos navires nous apportent du
Sénégal d'immenses quantités
d'un petit fruit huileux, assez sem-
blable à nos haricots pour le goût,
à nos pistaches pour la forme;
on l'appelle *arachide* ou *pistache
de terre*. On en retire, par la
pression, 27 à 28 pour cent d'une
huile douce, propre à l'éclairage
et à la plupart des usages de l'huile
d'olive. Les résidus ou *tourteaux*
restent malheureusement sans em-

ploi chez nous, ce qui est une grande gêne pour les huileries, qui sont forcées de les exporter à l'étranger, et ce qui nuit singulièrement au développement de notre commerce avec la côte d'Afrique.

On a essayé, dans plusieurs de nos fermes, de remplacer le tourteau de lin par celui d'arachide, pour l'engraissement des bêtes à cornes; mais ces tentatives ont échoué, parce que cette dernière sorte de tourteau est telle-

ment fade, que les animaux ont
refusé de s'en nourrir. Cependant,
en Angleterre, on l'utilise avec
succès ; mais, c'est que là on dissi-
mule son insipidité au moyen du
sel.

Si, donc, vous salez le tourteau
d'arachide, vous pourrez l'employer pour pousser vos bêtes en
graisse, et cela avec bien plus d'économie qu'en vous servant du tourteau de lin ; car, le premier coûte
moitié moins que le second, tout
en étant néanmoins plus nour-

rissant (1). En effet, il n'en faut que 14 kilogrammes pour remplacer 100 kilogrammes de foin sec, tandis que 23 kilogrammes de tourteau de lin sont nécessaires pour équivaloir à cette quantité de fourrage.

---

(1) Voici les prix des tourteaux sur la place de Rouen, le 24 janvier 1849 :

Tourteau de lin, 160 fr. le tonneau de 1040 kilogrammes.

Tourteau de colza, 120 à 116 fr. le tonneau de 1040 kilogrammes.

Tourteau d'arachide, 70 à 66 fr. le tonneau de 1040 kilogrammes.

Le sel, vous le voyez bien, vous fournit le moyen de faire entrer dans le régime de vos étables un nouvel aliment, avantage précieux ; car vous avez dû vous apercevoir que plus on varie la nourriture du bétail, mieux on arrive à son engraissement. Il est certain que le tourteau ajouté, en certaine quantité, aux pommes de terre, aux navets, aux autres fourrages, augmente considérablement leur propriété nourrissante, et apporte chaque jour un demi-kilogramme de graisse.

C'est surtout lorsque la nourriture qu'on administre est très
aqueuse, qu'il est essentiel d'en
corriger les mauvais effets au
moyen d'une certaine dose de sel.
Ainsi, lorsque vous donnerez des
pommes de terre crues ou cuites,
des turneps, des navets, des bet-
teraves, des topinambours, n'oubliez pas d'y associer cette matière
saline.

En Flandre, on ne donne jamais aux chevaux, d'avoine nouvelle, c'est-à-dire encore humide,

sans y mêler un peu de sel en poudre.

Dans tous ces cas, les animaux mangent avec plus de plaisir et d'appétit, et se maintiennent en meilleur état.

Mais c'est surtout pour la conservation des foins et des fourrages provenant de vos prairies artificielles, que vous devez recourir à l'usage du sel.

L'usage de saler le foin, au moment où on le met en mulons, est pratiqué, depuis bien longtemps

déjà, dans les comtés de l'Angle-
gleterre et de l'Écosse, et vous
n'êtes pas sans avoir entendu dire
que c'est peut-être là où l'on élève
le mieux le bétail. On répand le
sel en poudre, sur le foin, au
moyen d'un tamis, dans la proportion d'environ 1 kilogramme
250 grammes pour 100 kilogrammes de foin. Ce sel se dissout,
peu à peu, dans l'eau qu'exhale
le foin pendant qu'il s'échauffe
dans les mulons, et il se trouve,
de cette manière, réparti très éga-
lement dans la masse du fourrage.

C'est là , sans contredit, une excellente manière d'administrer le sel aux bestiaux. Je vous engage à l'adopter.

Cette méthode a encore l'avantage d'empêcher la moisissure et l'altération assez profonde qu'éprouve le fourrage lorsqu'il est en gros mulons ou engrangé en grands tas. Lors même que le fourrage est très sec après le fanage et la rentrée, il contient encore beaucoup d'humidité. Celle-ci ne tarde pas à se dégager lorsque la

chaleur s'élève au milieu des tas,
et vous savez bien, en effet, que
lorsqu'on fourre sa main dans
un mulon de trèfle, de luzerne,
même de foin, construit depuis
quelques jours, on sent une chaleur humide plus ou moins forte.
La fermentation, qui se produit
alors, marche d'autant plus vite
que la masse du foin est plus
grande, et que l'humidité a plus de
peine à sortir.

C'est dans ces circonstances
que le fourrage noircit, se moi-
sit, prend une saveur peu agré-

able, et court risque de s'avarier complètement. Cela arrive infailliblement lorsqu'un temps pluvieux n'a pas permis de le rentrer entièrement sec.

Eh! bien, le seul moyen que vous ayez de modérer cette fermentation, et d'assurer la bonne conservation de vos foins, c'est, je vous le répète, de les saupoudrer de sel.

Il y a, dans le Bas-Rhin, un habile propriétaire cultivateur, M. Schattenmann, qui suit cette bonne pratique depuis 25 ans, et depuis cette époque, il n'a pas trouvé dans ses masses de four-rage la moindre trace d'altéra-tion, encore bien qu'il n'emploie que 200 grammes de sel par 100 kilogr. d'herbe.

Vous le voyez bien, le sel neu-tralise les effets nuisibles de l'hu-midité.

A plus forte raison, devez-vous recourir au même moyen lorsque vos foins ont été vasés, sablés, moisis, par suite de ces pluies abondantes qui n'arrivent que trop souvent dans nos régions du nord, à l'époque de la récolte et du fanage.

L'usage de ces mauvais fourrages engendre des maladies, souvent même des épizooties qui dépeuplent les campagnes de bestiaux. Mieux vaudrait, sans doute, que vous missiez ces détestables herbes à votre tas de fumier; mais comme, en raison des faibles ressources de la plupart d'entre vous, vous êtes presque toujours forcés de les faire consommer, vous en diminuerez les inconvénients en les salant, comme je viens de le dire ; seulement dans ce cas, n'oubliez pas d'augmenter la dose du sel, et n'hésitez pas à la porter jusqu'à 2 kilogr. par 100 kil. de fourrage.

Si, au moment de la récolte, vous n'avez pas eu la précaution de saler votre foin mal récolté, ayez soin, avant de le donner aux animaux, de le secouer fortement à l'air, hors des écuries ou des étables, afin d'en faire tomber la poussière et les moisissures, puis

arrosez-le avec de l'eau salée.
Pour y faire pénétrer partout la
saumure, remuez le foin avec la
fourche. Abandonnez-le ensuite
en tas, pendant une demi-heure
et plus, si vous n'êtes pas trop
pressés, afin que toutes les parties
soient imprégnées d'eau salée.
Vous pouvez alors le faire manger à vos vaches et à vos chevaux.

Vous allez peut-être me dire:
« mais voilà bien des soins et de
la dépense. » Croyez-moi, l'argent et le temps que vous dépen-
serez dans ce cas, ne sont pas à

comparer au résultat, si, par ce moyen, vous empêchez vos bêtes de perdre l'appetit, de manger avec dégoût, de se mal nourrir, en un mot, et fort souvent de tomber malades. Est-ce que la perte du plus mauvais des bestiaux de vos fermes, est-ce que les visites du vétérinaire et l'achat des remèdes qu'il prescrira, ne vous occasionneront pas une dépense bien plus grande que celle que je vous conseille?

D'ailleurs, votre foin salé gagnera en poids et en valeur.

Mangé avec plus de plaisir, il concourra plus efficacement à la nutrition; car, mettez-vous bien ceci en tête, c'est qu'on ne vit pas de ce qu'on mange, mais de ce qu'on digère. L'expérience a prononcé là-dessus, et il est certain que 3 kil. de foin salé valent autant, pour le bétail, que 4 kil. de foin non salé.

III.

EFFICACITÉ DU SEL

Comme engrais pour les terres.

L'emploi du sel, comme engrais des terres, ne saurait être fait avec trop de prudence et de discrétion, car, quoiqu'en disent certains braves gens qui mettent de l'enthousiasme en tout, cette substance ne convient ni à tous les sols, ni à tous les climats, et il faut, pour jouir de son efficacité, le concours de certaines conditions.

Ajoutez à cela, qu'au delà d'une certaine dose, elle détruit, elle brule, elle stérilise tout.

Les anciens, qui tiraient un très bon parti des vertus fécondantes du sel, le semaient aussi sur les endroits frappés de réprobation, sur l'emplacement des villes prises d'assaut, afin de les rendre à tout jamais stériles.

J'ai entendu maintes fois des cultivateurs se reprocher la folie qu'ils avaient eu d'employer le sel qui, me disaient-ils, avaient brulé leurs terres. Ils avaient raison. Ne serait-ce pas aussi une folie, dites-moi, de se bruler les mains au feu quand on veut se réchauffer? Votre vieille expérience ne vous a-t-elle pas appris que les meilleures choses, mal employées,

peuvent donner de mauvais résultats ?

N'écoutez pas les détracteurs
du sel, et il y en a beaucoup, je
vous en préviens, qui vous sou-
tiendront que le sel ne peut exercer une action bienfaisante sur les
plantes.

Pour vous prouver que le sel
est un engrais salutaire, lorsqu'on
ne l'introduit dans le sol qu'en
proportion convenable, je ne vous
présenterai pas l'énumération de
toutes les belles et bonnes expé-

riences qui ont été faites depuis
quelques années par des chimistes,
des agronomes, des propriétaires
qui voulaient s'éclairer à ce sujet;
je ne vous dirai pas non plus les
essais que j'ai faits moi-même avec
le concours de deux de mes con-
frères. Non, j'aime mieux vous
rappeler des faits de pratique, que
l'usage du tems a consacrés, et
contre lesquels personne n'oserait
élever le moindre doute.

Les prés salés des bords de la
mer, les prairies voisines des salines de la Meurthe, du Doubs

et du Jura, donnent en abon-
dance une herbe de qualité supérieure ; aussi le prix de l'hectare
est-il bien autrement élevé que
celui des prairies plus éloignées
et qui ne reçoivent pas les exha-
laisons de la mer ou des hangards
d'évaporation des salines.

Les *Polders*, ou terrains qui se
trouvent sur les côtes de la Hol-
lande et de la France, et qui, au
moyen de digues, ont été conquis
sur la mer, sont d'une inépui-
sable fécondité, puisqu'ils pro-

duisent sans engrais depuis un temps considérable.

En Bretagne et en Basse-Normandie, on remplace le fumier par des varechs et autres plantes marines imprégnées de sel, et on a, de plus, la vieille habitude d'arroser les fumiers d'étable avec de l'eau de mer.

Dans les comtés de Chester et du Cornwal, en Angleterre, on prépare, depuis un tems très reculé, des composts de terre, de sel et de chaux qu'on répand sur les prairies et dans les terres de labour.

Tous les maraichers des environs de Dieppe, de Saint-Valery en Caux et des autres ports de la Haute-Normandie, viennent chercher en ville les saumures provenant de la salaison du hareng, et ils en arrosent continuellement leurs légumes qui sont de toute beauté, très tendres et très savoureux.

Les cultivateurs Allemands et Polonais, voisins des mines de sel gemme, ne manquent pas non plus d'utiliser les résidus et les débris de sel et de terre salée qu'on leur vend.

En Provence, l'usage immémorial est de répandre du sel au pied des oliviers.

Ne voilà-t-il pas, qu'en dites-vous, une masse d'effets connus, sanctionnés par une longue expérience et qu'on ne saurait rapporter à une autre cause qu'à l'activité du sel?

J'espère que vous n'hésiterez plus à reconnaître, avec moi, que le sel peut jouer le rôle d'engrais.

Mais ce qu'il faut que je vous

apprenne maintenant, c'est que pour qu'il opère bien, il y a nécessité qu'il rencontre dans la terre, de l'humidité, de l'argile, du calcaire et une certaine quantité de débris végétaux et animaux, c'est-à-dire d'humus ou terreau. Sans ces conditions, nul effet, ou résultats nuisibles.

Ne mettez donc jamais de sel dans les terrains secs, sablonneux, ni dans les terres non calcaires et trop compactes ; vous vous en repentiriez.

Réservez-le pour les fonds à

base d'argile dans lesquels il y a naturellement du calcaire, ou qui en contiennent accidentellement par suite de fréquents marnages. Dans ces sortes de sols, l'humidité ne manque jamais, et le sel, grâce à l'élément calcaire, se convertit peu à peu en une nouvelle substance âcre et active, en soude, qui exerce absolument sur les plantes les mêmes effets avantageux que la potasse, qui est contenue dans les cendres de bois.

Donc, lorsque vous introduisez du sel dans une terre qui réunit les conditions convenables d'humidité, de porosité, d'aérage, et qui renferme le principe calcaire en suffisante quantité, c'est absolument comme si vous y ajoutiez des cendres de bois, car le sel ne peut rester en présence de la chaux, de l'air et de l'eau, sans se changer en soude.

Si vous comprenez bien cela, vous vous apercevrez de suite pourquoi le même sel, introduit dans une terre privée de marne ou de craie, en d'autres termes de calcaire, peut n'exercer aucun effet appréciable sur les cultures.

Voulez-vous que je vous indique un moyen de remédier à ce grave inconvénient, d'éviter le danger de brûler les plantes, et d'obtenir, dans presque tous les terrains, des résultats avantageux?

Ne répandez jamais le sel purement et simplement, à la manière du plâtre dont vous saupoudrez vos trèfles.

Associez-le toujours, et pour tous les cas, à la craie ou à la chaux. Faites-en un compost avec le double de son poids de l'une ou l'autre de ces substances; humectez ce mélange; couvrez-le de terre ou laissez-le mûrir à l'ombre pendant 3 ou 4 mois, en évitant surtout que le tas ne se dessèche. Vous arriverez de cette manière à transformer votre sel en soude, qui agira dans toutes les terres, quelque soit leur nature.

Ce compost, vous le répandrez à la main au printems, sur vos récoltes déjà levées, à la dose de 1,000 kilogr. par hectare. En sorte que pour moins de 57 fr. vous fertiliserez votre hectare, et, à la récolte, si c'est du blé, vous obtiendrez un bénéfice net de 86 à 115 francs. C'est, comme vous le voyez, de l'argent bien placé.

Il y a encore une manière plus simple d'utiliser les bons effets du sel, et de se mettre à l'abri de tous les inconvénients qui résultent de son emploi mal raisonné. C'est de l'incorporer au fumier, ainsi qu'on le faisait dans l'antiquité.

Ouvrez les évangiles de Saint-

Luc, et voici ce que vous y lirez au chapitre 14, verset 34: « Le sel, dit Jesus-Christ à ses disciples, le sel est bon; mais s'il a perdu sa saveur, avec quoi sera-t-il assaisonné? *Il ne sera plus propre ni pour la terre, ni pour le fumier; * mais on le jettera dehors. »

Vous voyez bien, par ces paroles, que longtems avant l'ère chrétienne, on mettait du sel et sur les terres et dans le fumier.

Mais, direz-vous, puisque le sel a la propriété d'arrêter les progrès de la putréfaction dans les

matières végétales et animales,
puisque c'est un excellent condiment pour conserver indéfi-
niment les viandes, les poissons,
les légumes, ne va-t-il pas, une
fois mis dans le tas de fumier,
mettre obstacle au développement
de cette fermentation qui est si
nécessaire pour convertir les
pailles en terreau? ne va-t-il pas
enfin empêcher le fumier de se
faire et de se changer en beurre
noir?

C'est là, en effet, ce qui arriverait
à coup-sûr, si le sel était en grande

quantité par rapport à la masse du fumier. Mais dans les conditions où on l'ajoute, c'est-à-dire en très petite proportion et dans une matière imbibée d'eau comme l'est le fumier, il produit un résultat tout contraire; il active la fermentation, il hâte la décomposition des matières végétales et animales.

Remarquez combien les effets d'une substance, quelle qu'elle soit, sont modifiés par les circonstances dans lesquelles on l'emploie. En grande masse, le sel est un agent puissant de conservation des matières végétales et animales ; en très petite dose, il produit encore cet effet quand les matières sont sèches ou peu humides, tels que les foins fanés ; mais, si ces matières sont très humides, comme les fumiers, les mauvaises herbes, les racines ramassées par la herse, les curures de fossés, etc., il en accélère la putréfaction et concourt ainsi efficacement à leur conversion en terreau.

C'est une grande bonté de la Providence d'avoir répandu par-

tout, autour de nous, une substance qui possède des propriétés
merveilleuses et si différentes. Il y
aurait vraiment folie à ne pas utiliser cette faveur.

Ne craignez donc pas de répandre du sel sur vos fumiers,
ou de dissoudre du sel dans le
purin avec lequel vous devez toujours les arroser pour les mûrir.
Vous aurez ainsi des fumiers plus
chauds, plus actifs, et par con-
séquent il vous en faudra moins
pour produire, à surface égale de
terre, les mêmes effets fertilisants.

10 kilogr. de sel suffisent par mètre cube de fumier.

Au reste, si vous adoptez l'usage de faire manger du sel à vos bestiaux, vous n'aurez pas besoin de saler vos fumiers, ou de préparer les composts de sel et de chaux dont je vous parlais tout-à l'heure, car le sel administré aux animaux passe dans leurs urines et dans leurs excréments, de sorte qu'il enrichit les engrais, et qu'incorporé ainsi dans la substance même des fumiers, il exerce son influence bienfaisante sur les récoltes et ne nuit jamais.

Voilà, mes bons amis, les quelques conseils que j'ai cru devoir vous donner à propos du sel, au moment où vos représentants viennent de vous offrir les moyens de tirer parti de ses excellentes propriétés.

Croyez-moi, profitez et profitez largement du bas prix du sel. Ne faites pas dire encore à vos détracteurs ce qu'ils ne manquent pas de répéter chaque fois qu'il s'agit de vous faire des concessions :

« A quoi bon ? les cultivateurs n'aiment pas le progrès ; ils tien-

nent à leur vieille routine ; ils n'u-
tilisent pas les faveurs qu'on leur
accorde ? »

Usez du sel, vous servirez vos
intérêts, et vous rendrez moins
lourde la charge que le gouvernement s'est imposée en dégrévant,
en face de la pénurie actuelle de
nos finances, un impôt qui en-
richissait le Trésor, et que l'habitude avait, en quelque sorte, natio-
nalisé.

OUVRAGES DU MÊME AUTEUR.

Des Fumiers considérés comme Engrais.
5e Édition. — 1 vol. in-18, avec 11 figures
intercalées dans le texte. — Paris, 1847. —
Ouvrage couronné par le Conseil général de
la Seine-Inférieure et par la Société d'Agriculture du Cher. . . . . 1 fr. 25

**Leçons de Chimie élémentaire appliquée aux
arts industriels,** faites le dimanche à l'école
municipale de Rouen. — 3e édition. — 1 vol.
in-8, divisé en deux parties, avec 200 figures
et échantillons d'indienne intercalés dans le
texte. — Paris, 1846 . . . . . . 14 fr.

PARIS,

Victor MASSON, et LANGLOIS et LECLERCQ,
Libraires, rue de l'École-de-Médecine, 1,
et rue de la Harpe, 81.

ROUEN,

Chez tous les Libraires.